Der Stern des Bundes

Stefan George

EINGANG

Du stets noch anfang uns und end und mitte
Auf deine bahn hienieden · Herr der Wende ·
Dringt unser preis hinan zu deinem sterne.
Damals lag weites dunkel überm land
Der tempel wankte und des Innern flamme
Schlug nicht mehr hoch uns noch von andrem fiebern
Erschlafft als dem der väter: nach der Heitren
Der Starken Leichten unerreichten thronen
Wo bestes blut uns sog die sucht der ferne ..
Da kamst du spross aus unsrem eignen stamm
Schön wie kein bild und greifbar wie kein traum
Im nackten glanz des gottes uns entgegen:
Da troff erfüllung aus geweihten händen
Da ward es licht und alles sehnen schwieg.

Der du uns aus der qual der zweiheit löstest
Uns die verschmelzung fleischgeworden brachtest
Eines zugleich und Andres · Rausch und Helle:
Du warst der beter zu den wolkenthronen
Der mit dem geiste rang bis er ihn griff
Und sich zum opfer bot an seinem tage ..
Und warst zugleich der freund der frühlingswelle
Der schlank und blank sich ihrem schmeicheln gab
Und warst der süße schläfer in den fluren
Zu dem ein Himmlischer sich niederliess.
Wir schmückten dich mit palmen und mit rosen
Und huldigten vor deiner doppel-schöne
Doch wussten nicht dass wir vorm leibe knieten
In dem geburt des gottes sich vollzog.

Ihr wisst nicht wer ich bin.. nur dies vernehmt:
Noch nicht begann ich wort und tat der erde
Was mich zum menschen macht.. nun naht das jahr
In dem ich meine neue form bestimme.
Ich wandle mich doch wahre gleiches wesen
Ich werde nie wie ihr: schon fiel die wahl.
So bringt die frommen zweige und die kränze
Von veilchenfarbenen von todesblumen
Und tragt die reine flamme vor: lebt wohl!
Schon ist der schritt getan auf andre bahn
Schon ward ich was ich will. Euch bleibt beim scheiden
Die gabe die nur gibt wer ist wie ich:
Mein anhauch der euch mut und kraft belebe
Mein kuss der tief in eure seelen brenne.

Der strom geht hoch .. da folgt dies wilde herz
Worin ein brand sich wälzt von tausendjahren
Den es verbreiten möcht in licht und tiefe
Und nicht entladen kann - den splegelungen.
Es seufzt den wellen nach als soviel wesen
Die ihm entrinnen ihm entronnen sind
Und weiss nicht rat eh die paar tropfen bluts
Verströmt sind in die endlos laute fülle..
Da tauchst du Gott vor mir empor ans land
Dass ich von dir ergriffen dich nur schaue ·
Dein erdenleib dies enge heiligtum
Die spanne Kaum für eines arms umfassen
Fängt alle sternenflüchtigen gedanken
Und bannt mich in den tag für den ich bin.

War wieder zeiten-fülle? Welche glut
›Als wollte eine welt sich neu gebären?‹
Hell-lichte mittage wo schemen liefen ..
Die nächte mit dem tanz um offne feuer ..
Die roten fackelhalter und die weissen
Kranz-trägerinnen .. geller ton der pfeifen
Und aller einung im gemischten kuss.
Dann wenn es dämmerte griff uns der geist
Von ihm besessen quoll im wechsel rede
Entzückte uns zu schwur und todesweihe
Bis jeder lezte schauer bat: o komme
Du halt du klang in unsren tollen wirbeln
Du unsrer feier heiligung und krone
In unsrem dunklen träumen du der strahl!

Schon war der raum gefüllt mit stolzen schatten
Die funken sprühten in gewundnen dämpfen
Es zuckten die gewesnen widerscheine
Bei edlen holden die urnächtig frühen.
Ihr zittern huschte auf metallnen glänzen
Begierig suchten sie sich zu verdichten
Umringten quälend uns und wurden bleicher..
So sassen machtlos wir im kreis mit ihnen ..
Wo ist des herdes heisse erdenflamme
Wo ist das reine blut um uns zu tränken?
Neblige dünste ballet euch zu formen!
Taucht silberfüsse aus der purpurwelle!
So drang durch unser brünstiges beschwören
Der wehe schrei nach dem lebendigen kerne.

Ergeben steh ich vor des rätsels macht
Wie er mein kind ich meines kindes kind ..
Wie sein gesetz ist dass aus erdenstoff
Der Hohe wird und eh ihn tat versehrt
Mit schmerz und lächeln seinen heimweg nimmt ..
Wie sein gesetz ist dass sich der erfüllt
Der sich und allen sich zum opfer gibt
Und dann die tat mit seinem tod gebiert.
Die tiefste wurzel ruht in ewiger nacht ..
Die ihr mir folgt und fragend mich umringt
Mehr deutet nicht! ihr habt nur mich durch ihn!
Ich war verfallen als ich neu gedieh ..
Lasst was verhüllt ist: senkt das haupt mit mir:
›O Retter‹ in des dunklen grauens wind.

Nun wachs ich mit dir rückwärts in die jahre
Vertrauter dir in heimlicherem bund.
Du strahlst mir aus erlauchter ahnen werke
Entzückten fehden und berauschten fahrten
Und wesest wach wie schamvoll auch verhüllt
Im weisesten im frömmsten seher-spruch.
Was über noch so stolzen nachbarn fürstet –
Im blut ein uralt unerschöpftes erbe:
Du wirst in fristen fruchtend in das all
Ein zuckend lohen eine goldne flut.
Wie muss der tag erst sein · gewähr und hoffen ·
Wo du erschienen bist als schleierloser
Als herz der runde als geburt als bild
Du geist der heiligen jugend unsres volks!

Wer ist dein Gott? All meines traums begehr ·
Der nächste meinem urbild ·
Was die gewalt gab unsrer dunklen schösse
Was uns von jeher wert erwarb und grösse –
Geheimste quelle innerlichster brand:
Dort ist Er wo mein blick zu reinst es fand.
Der erst dem einen Löser war und Lader
Dann neue wallung giesst durch jede ader
Mit frischem saft die frühern götter schwellt
Und alles abgestorbne wort der welt.
Der gott ist das geheimnis höchster weihe
Mit strahlen rings erweist er seine reihe:
Der sohn aus sternenzeugung stellt ihn dar
Den neue mitte aus dem geist gebar.

ERSTES BUCH

Da dein gewitter o donnrer die wolken zerreisse:
Dein sturmwind unheil weht und die vesten erschüttert
Ist da nicht nach klängen zu suchen ein frevles bemühn?
Die hehre harfe und selbst die geschmeidige leier
Sagt meinen willen durch steigend und stürzende zeit
Sagt was unwandelbar ist in der ordnung der sterne.
Kein herzog kein heiland wird der mit erstem hauch
Nicht saugt eine luft erfüllt mit propfeten-musik
Dem um die wiege nicht zittert ein heldengesang.

All die jugend floss dir wie ein tanz
Ein berauschtes spiel von horn und flöte?
Herr so lockt ich deine sonnensöhne.
Menschlich glück verschwor ich um dein lied
Fügte mich der not des wandertums
Forschte bis ich dich in ihnen fände ..
Tag und nacht hab ich nur dies getan
Seit ich eignen lebens mich entsinne:
Dich gesucht auf weg und steg.

Da schon Dein same den ich trug in fahr
Und aus mir nährte und erzog in nöten
Heut unausrottbar grünt: so gib noch dies
Solang ich in dem süssen licht verweile:
Dass ich die würde deiner segnung wahre
Und in der freunde lob der jünger preis
Von den verschwiegnen liedern nichts verlaute
Und in des schwarms getriebe und gemurre
Dein heiliges geheimnis treu behüte.

Dies ist der fügung meistes dass du lebst
Bei jedem dir verhängten fall nur wankst
Dich doppelst und dich spaltest vorm geschick.
Beim ansturm des beginnes sinken viele
Beim zweiten stehn die besten – stehn und stürzen.
Du hieltest .. du bist rundum so bewehrt
Dass dich was brechen muss nicht bricht:
Wenn sich dem starken nah dem werkes-ziel
Der Höhere zeigt du dann nicht heillos fichst
Nein vollen glücks sein erster diener wirst.

Als sich dir jüngling dein beruf verkündigt
Warst ein verstossener du in klammer luft
Und trugest als der eine aller qual.
Da drang aus dir ein solcher schrei zu sternen
Dass erde nicht noch himmel ihn ertrug
Und antwort kam mit solchem ton von sternen
Wie vormals keines sterblings ohr vernahm ..
Der lockte dich riss dich empor: ›Verbleib!‹
So fremder gang entbehrt der ersten leite
Dir kann nur helfen was du mitgeboren –
Schilt nichts dein leid du selber bist das leid ..
Kehr um im bild kehr um im klang!

Dass unfassbar geschehn in vorgeburten
Beschlossen lieg ist schöner sinn von dichtern –
Du folg in jedem werk dem frühsten traum!
Aus einem staubkorn stelltest du den staat
Gingst wie geführt und wusstest dich erkoren
›Beim druck des alls dem du entgegenwirktest‹
Bestimmtest währung sprache und gesetz
Nach dem verrichte teiltest du den thron
Und zogst gelassen fort in weite weiten.

Wem du dein licht gabst bis hinauf zu dir
Weiss dass er nie dich sagen darf und wort
Das dafür steht hinausgebracht zur menge
Nur eine weile wirkt und dann verdirbt
Bis neuer wecker kommt der neu es spendet.
Will ich mein ganzes teil von dir erobern
So muss ich sehn wie ich ein eines fasse
Wie ich im raum den du mir maassest hafte
Bedingte arbeit meines tags vollbringe
Und mit dem traum von morgen mich vermähle.

Nenn es den blitz der traf den wink der lenkte:
Das ding das in mich kam zu meiner stunde ..
Ungreifbar ists und wirklich wie der keim.
Nennt es den funken der dem nichts entfahren
Nennt es des kreisenden gedankens kehr:
Nicht sprüche fassen es: als kraft und flamme
Füllt es in bild in welt- und gottesreich!
Ich komme nicht ein neues Einmal künden:
Aus einer ewe pfeilgeradem willen
Führ ich zum reigen reiss ich in den ring.

Kommt wort vor tat kommt tat vor wort? Die stadt
Des altertumes rief den Barden vor..
Gebrach auch seinem arm und bein die wucht
Sein vers ermannte das gebrochne heer
Und er ward spender lang vermissten siegs.
So tauscht das schicksal lächelnd stand und stoff:
Mein traum ward fleisch und sandte in den raum
Geformt aus süsser erde – festen schritts
Das kind aus hehrer lust und hehrer fron.

Ich bin der Eine und bin Beide
Ich bin der zeuger bin der schooss
Ich bin der degen und die scheide
Ich bin das opfer bin der stoss
Ich bin die sicht und bin der seher
Ich bin der bogen bin der bolz
Ich bin der altar und der Heher
Ich bin das feuer und das holz
Ich bin das zeichen bin der sinn
Ich bin der schatten bin der wahre
Ich bin ein end und ein beginn.

Aus purpurgluten sprach des himmels zorn:
Mein blick ist abgewandt von diesem volk ..
Siech ist der geist! tot ist die tat!
Nur sie die nach dem heiligen bezirk
Geflüchtet sind auf goldenen triremen
Die meine harfen spielen und im tempel
Die opfer tun .. und die den weg noch suchend
Brünstig die arme in den abend strecken
Nur deren schritten folg ich noch mit huld –
Und aller rest ist nacht und nichts.

Alles habend alles wissend seufzen sie:
›Karges leben! drang und hunger überall!
Fülle fehlt!‹
Speicher weiss ich über jedem haus
Voll von korn das fliegt und neu sich häuft –
Keiner nimmt ..
Keller unter jedem hof wo siegt
Und im sand verströmt der edelwein –
Keiner trinkt ..
Tonnen puren golds verstreut im staub:
Volk in lumpen streift es mit dem saum –
Keiner sieht.

Die ihr die wilden dunklen zeiten nennt
In eurer lughaft freien milden klugen:
Sie wollten doch durch grausen marter mord
Durch fratze wahn und irrtum hin zum gott.
Ihr frevler als die ersten tilgt den gott
Schafft einen götzen nicht nach Seinem bild
Kosend benamt und greulilch wie noch keiner
Und werft ihm euer bestes in den schlund.
Ihr nennt es euren weg und wollt nicht ruhn
In trocknem taumel rennend bis euch allen
Gleich feig und feil statt Gottes rotem blut
Des götzen eiter in den adern rinnt.

Ihr baut verbrechende an maass und grenze:
›Was hoch ist kann auch höher!‹ doch kein fund
Kein stütz und flick mehr dient .. es wankt der bau.
Und an der weisheit end ruft ihr zum himmel:
›Was tun eh wir im eignen schutt ersticken
Eh eignes spukgebild das hirn uns zehrt?‹
Der lacht: zu spät für stillstand und arznei!
Zehntausend muss der heilige wahnsinn schlagen
Zehntausend muss die heilige seuche raffen
Zehntausende der heilige krieg.

Auf stiller stadt lag fern ein blutiger streif.
Da zog vom dunkel über mir ein wetter
Und zwischen seinen stössen hört ich schritte
Von scharen · Dumpf · dann nah. Ein eisern klirren ..
Und jubelnd drohend klang ein dreigeteilter
Metallen heller ruf und wut und kraft
Und schauer überfielen mich als legte
Sich eine flache klinge mir aufs haupt —
Ein schleunig pochen trieb zum trab der rotten ..
Und immer weitre scharen und derselbe
Gelle fanfaren-ton .. Ist das der lezte
Aufruhr der götter über diesem land?

Schweigt mir vom Höchsten Gut: eh ihr entsühnt
Macht ihr es niedrig wie ihr denkt und seid ..
Gott ist ein schemen wenn ihr selbst verstürbt!
Schweigt mir vom weib: eh ihr all dies nicht seht
Was unterm fruchtbar schmerzenvollen prall
Des stärkeren in lust erstöhnen muss.
Schweigt mir vom volk: da euer keiner ahnt
Den fug von scholle und gesteinter tenne
Den rechten mit- und auf- und unterstieg –
Das knüpfen der zersplissnen goldnen fäden.

Einer stand auf der scharf wie blitz und stahl
Die klüfte aufriss und die lager schied
Ein Drüben schuf durch umkehr eures Hier ..
Der euren wahnsinn so lang in euch schrie
Mit solcher wucht dass ihm die kehle barst:
Und ihr? ob dumpf ob klug ob falsch ob echt
Vernahmt und saht als wäre nichts geschehn ..
Ihr handelt weiter sprecht und lacht und heckt.
Der warner ging .. dem rad das niederrollt
Zur leere greift kein arm mehr in die speiche.

Einer stand auf der scharf wie blitz und stahl
Die klüfte aufriss und die lager schied
Ein Drüben schuf durch umkehr eures Hier ..
Der euren wahnsinn so lang in euch schrie
Mit solcher wucht dass ihm die kehle barst:
Und ihr? ob dumpf ob klug ob falsch ob echt
Vernahmt und saht als wäre nichts geschehn ..
Ihr handelt weiter sprecht und lacht und heckt.
Der warner ging .. dem rad das niederrollt
Zur leere greift kein arm mehr in die speiche.

Wägt die gefahr für kostbar bild und blatt
Wovor ihr kniet wie wir – beim grossen brand!
Viel mehr vernichtet sie wenn sie euch bleiben
Eur ätzend gift und euer sammelgrab
Als trümmerstatt und mütterlicher schlund.
Einst mag geschehn dass aus noch kargern resten
Vom schutt behütet – aus geborstner wand
Verwittertem gestein zerfressnem erz
Vergilbter schrift ein leben sich entzündet! ..
Die art wie ihr bewahrt ist ganz verfall.

Weltabend lohte .. wieder ging der Herr
Hinein zur reichen stadt mit tor und tempel
Er arm verlacht der all dies stürzen wird.
Er wusste: kein gefügter stein darf stehn
Wenn nicht der grund · Das ganze · sinken soll.
Die sich bestritten nach dem gleichen trachtend:
Unzahl von händen rührte sich und unzahl
Gewichter worte fiel und Eins war not.
Weltabend lohte .. rings war spiel und sang
Sie alle sahen rechts – nur Er sah links.

Bangt nicht vor rissen brüchen wunden schrammen ·
Der zauber der zerstückt stellt neu zusammen.
Jed ding wie vordem heil und schön genest
Nur dass unmerkbar neuer hauch drin west.
Was schon genannt ist liegt gefällt umher
DER leer gehäus – ein stumpfes waffen DER:
Die eingereihten und die rückgewandten ..
Bringt kranz und krone für den Ungenannten!

Helfer von damals! richttag rückt heran
Sein Für und Wider schneidet andres band
Und frühere liebe schweigt und beider träne ·
Wir sind hinüber und ihr bliebet dort.
Mit kraft und kunst und redlichster begehr
Macht himmels-manna ihr zu giftigem mohne
Treibt ihr nicht minder zum verruchten end
Dass einem rudel von verrassten hunden
Der beste nachwuchs gleicht – auf eurer kinder
Gesichtern sich der lezte traum verwischt.

Schwärmer aus zwang weil euch das feste drückt
Sehner aus not weil ihr euch nie entfahrt
Bleibt in der trübe schuldlos die ihr preist –
Ein schritt hinaus wird alles dasein lug!
Ihr seid in uns befasst wir nicht in euch ·
Und was ihr auch vollbringt entholt ihr stoffen
Die ihr als schein verlacht. Ihr harrt und ruft
Dicht bei der schwelle: Überflut uns wirbel!
Umfass uns grosses Jenseits! brich hervor
O leuchtung lösung! .. und was kommt ist nacht.

Nun bleibt ein weg nur: es ist hohe zeit ..
Das härtste meist geglaubter dauer wankt
Doch was auch weicht: DER stamm spricht noch sein wort
Der fest im griff hält was ihm lang geschwant.
Wer adel hat erfüllt sich nur im bild
Ja zahlt dafür mit seinem untergang.
Das niedre frisstet larvenhaft sich fort
Bescheidet vor vollendung sich mit tod ..
Nun probt nach sinn- und klangnetz zum Gestirnt
Das grössre wunderwerk der endlichkeit!

Ihr Äusserte von windumsauster klippe
Und schneeiger brache! Ihr von glühender wüste!
Stammort des gott-gespenstes .. gleich entfernte
Von heitrem meer und Binnen wo sich leben
Zu ende lebt in welt von gott und bild! ..
Blond oder schwarz demselben schoos entsprungne
Verkannte brüder suchend euch und hassend
Ihr immer schweifend und drum nie erfüllt!

Ihr fahrt in hitzigem tummel ohne ziel
Ihr fahrt im sturm ihr fahrt durch see und land
Fahrt durch die menschen .. sehnt unfassbar ihr
Dass sie euch fassen .. sehnt unfüllbar ihr
Das sie euch füllen .. und ihr scheut die rast
Wo ihr allein euch findet mit euch selbst
Bang vor euch selbst als eurem ärgsten feind
Und eure lösung ist durch euch der tod.

Ihr habt · fürs recken-alter nur bestimmte
Und nacht der urwelt · später nicht bestand.
Dann müsst ihr euch in fremde gaue wälzen
Eur kostbar tierhaft kindheit blut verdirbt
Wenn ihrs nicht mischt im reich von korn und wein.
Ihr winkt im andren fort · Nicht mehr durch euch.
Hellhaarige schar! Wisst dass eur eigner gott
Meist kurz vorm siege meuchlings euch durchbohrt.

Unholdenhaft nicht ganz gestalte kräfte:
Allhörige zeit die jedes schwache poltern
Eintrug ins buch und alles staubgeblas
Vernahm nicht euer unterirdisch rollen –
Allweis und unkund des was wirklich war.
Euch trächtig von gewesnem die sie nutzen
Sich zur belebung hätte bannen können
Euch übersah sie dunkelste Verschollne ..
So seid ihr machtlos rückgestürzt in nacht
Schwelende sprühe um das innre licht.

Du hast des adlers blick der froh zur sonne
Sich wendet – abwärts nur zu schlag und biss.
Du kommst von derer zunft die strick und geissel
Erfanden für das allzu feile fleisch
Den matten sinn mit zorn und strenge frischten.
So ging Franziskus arm und keusch durchs land
Den unrat färbend mit seraphischem licht
So spornte Bernhard an den kreuzes-taumel ..
Dir wehrte raum ein enggewordner schooss
Dir müder kirche spät-gebornem kämpen –
Erdströme bargst du die sie nicht mehr fing.

Du hausgeist der um alte mauern wittert
Nach schwängrung süchtig unter bogen kauert
Aus trümmern daseins überbleibsel saugend:
Strich deine hand auf schal- und urnenscherbe
So stand fast körperhaft vor uns dein denkbild:
Von goldnen säulen schlang sich blumenkette
Erzbecken rauchte neben purpurlagern
Verstrickt in allen formen der umarmung
War milch- und rosenleib und kupferbrauner
Dort schlichen zage füsse durch die pforte ..
Doch wenig blieb im tag vom schattenchore
Es schwand der spuk: die üppig wirren prächte
Des weibes Rom mit dem die könige buhlen.

Fragbar war Alles da das Eine floh:
Der geist entwand sich blindlings aus der siele
Entlaufne seele ward zum törigen spiele –
Sagbar ward Alles: drusch auf leeres stroh.
Nun löst das herz von wut und wahn verschlackt
Von gärung dunkelheit gespinst und trubel:
Die Tat ist aufgerauscht in irdischem jubel
Das Bild erhebt im licht sich frei und nackt.

ZWEITES BUCH

Breit' in der stille den geist
Unter dem reinen gewölk
Send ihn zu horchender ruh
Lang in die furchtbare nacht
Dass er sich reinigt und stärkt
Du dich der hüllen befreist
Du nicht mehr stumm bist und taub
Wenn sich der gott in dir regt
Wenn dein geliebter dir raunt.

Entbinde mich von leichten eingangsworten.
Da mich so heisse kraft nicht stärker schmiedet
Entlass mich wieder unters dunkle volk
Ich bin nicht tüchtig für die weitre weihe ..
›Denk nicht dass dort nichts ist wo du nichts siehst.
Als ich am andren abend bei dir sass
Merkt ich wie durch dein erstes durch: das zweite
Das gottesantlitz langsam dir erwächst.

Auf der brust an deines herzens stelle
Lass den mund mich legen dass er drinne
Alter fieber zuckend schwären sauge
Wie der heilungsstein das gift der wunde.
Meine hand in deiner gibt den strom
Deinen gliedern dass sie frei sich regen ..
Klag nun nicht dass dein genesend hirn
Schwarze dünste von verwesten träumen
Immer wieder füllten – denn sie lodern
Flüchtig auf im brande dieser liebe!

Mich den finstren musst du fesseln
Mich den tollen musst du töten
Dir zum lohne mir zum glücke ..
Lass das tosen! Gib den arm!
Anders will ich nun dich binden
Anders dich zur freude führen
Sonne-walten sollst du spüren
Brechen wird es deinen bann.

Heilige nacht von Ihm befohlen
Schatte noch mit deinen schleiern!
Eh ich ganz dein glück begriffen
Und was du begannst vollendet
Soll dein werk des tags mich drücken
Wärmen soll mich nur und klären
Licht das mir durch Ihn erschienen.

ER ist Helle .. wenn er leuchtet
Hülle nicht dein haupt im wege
Klarsten scheins wo wir der dinge
Lachen in kristallner höh!
ER ist Dunkel und er reisst uns
In die fluten wo wir schauern
Blind und trunken .. kannst du wissen
Wohin ER mit dir mich führt?

Wenn meine lippen sich an deine drängen
Ich ganz in deinem innren odem lebe
Und dann von deinem leib der mich umfängt
Dem ich erglühe die umschlingung löse
Und mit gesenktem haupte von dir trete:
So ists weil ich mein eigen fleisch errate –
In schreckensfernen die der sinn nie misst
Mit dir entspross dem gleichen königsstamm.

Die uns nur eignet: dein und meine runde
Sie sollst du füllen und wir sind erfüllt ..
Wo du dich schenkst und dich nur mehr empfindest
Der raum den wir verengern mehr sich weitet
Du nur mir bist und alle so mir blühn ..
Sieh dieser sonnentag sprengt jede grenze
Die zeiten vor und nach begreift er ein!

Du kamst zu mir aus einem vollen leben
Nach willkür spendend wie du schon gespendet ..
Ich kann für eine teil mich nicht verschenken
Ich bin beginn will alles für allzeit.
Du bist für mich solang das los es fordert
Mein leben mehr als glück und rausch und lohe
Bist mir das ganze bist mein innres herz –
Und solch ein umlauf ist die ewigkeit.

Was gelittten ist beschwichte!
Widergeist ist nun bezwungen
Und der gott nur gibt die richte
Wilder traum hinabgerungen
Wo ich mich in dir vernichte ..
Nun bestimmt die höhere sende
Wie ich mich in dir vollende.

Wer seines reichtums unwert ihn nicht nützt
Muss weinen: nicht wer arm ist wer verlor ..
Du bist der gerte finder deren ruck
Verrät wo heilsam wasser steigen will
Und adern goldes in der tiefe ruhn.
Erschrick nicht staune nicht: ›warum denn ich?‹
Wirf nicht im trotz das wunderding beiseit
Weil du es nicht begreifst .. geniess und hilf
Solang der stab in deiner hand gehorcht.

Selbst nicht wissend was ich suche
Wusst ich in mir reiche triebe
Laub das weit in lande rage ..
Stak in schweren schlafes hülse
Bis ein odem mich erweckte ..
Komm mein helfer dass ich wachse!
Du nur schaust in meine nöte
Löse mich aus meiner starre
Dass ich auf ins leben taue.

Du hast empfangen hast gegeben
Wie das gesetz verlangt.
Dir fällt nichts und du machst nichts fallen
Bis aller lauf sich schliesst.
Such nicht nach freuden oder zielen
Nach dem was mehr kann sein:
Der edle schlürft nicht wein des gottes
In gierigem zug hinab.
So wall in der begehung schatten
Auf deine bürde stolz
Und preis die allmacht deren wirbel
Nie DICH zum abgrund reisst.

Da ich mit allen fibern an dir hänge
Möcht ich nur schöner voller mich entfalten
Dass sich die gabe mehre die ich biete.
Vernichte mich! Lass mich dein feuer schlingen!
Ich selbst ein freier gab mich frei zu eigen ..
Getilgt sei jeder wunsch jed band zerriss
In solchem dienst der liebe .. eins nur bleibt
Das stärker zarter ist: die heilige ehre.

Was kann ich mehr wenn ich dir dies vergönne?
Dass ich als thon mich schmiege deinen händen
Nach deines herzens schlag mein sinnen stimme?

Dass mich dein mark in mir dir leise ähnelt
Dein blick dein schritt mir eingibt wo ich gehe?
Du tränkst mit deiner farbe meine träume
Du hilfst den laut mir bilden wenn ich bete
Dein odem rinnt in meinem wort der sterne.

Was ist geschehn dass ich mich kaum noch kenne
Kein andrer bin und mehr doch als ich war?
Wer mich geliebt geehrt tut es nicht minder
Gefährten suchen mich mit schöner scheu.
Kein frühres fehlt mir: meiner sommer freuden
Und stolzer traum und weicher lippe kuss ..
Ein kühnres wallen pocht in meinem blute –
Ich war noch arm als ich noch wahrt und wehrte
Seitdem ich ganz mich gab hab ich mich ganz.

Du nennst es viel dass du zu eigen nimmst
Mein gut wie deins .. noch hast du nichts genannt!
Du wurdest mitbesitzer meiner stunden
Dein bitten ist bedenklich wie befehl.
Ich muss dein schirm sein wo du dich gefährdest
Den streich entgegennehmen der dir galt.
Ich bin für jeden deiner mängel bürge
Mir fallen alle deine lasten zu
Die als zu schwer du abwarfst – alle tränen
Die du sollst weinen und die du nicht weinst.

Was einst verhohlen quälte ward entschleiert ·
Der ich mit vollem sturm der jugend nahte
Dem der in reife seine gunst verleiht
Bedachte welchen schmerz ich ehr ertrüge
Als schwächung und entknüpfung solchen bands:

Der glühende schwung der mich ergriffen weist
Mir wo ich bleib und wechsle – meine stelle
In jeder deren glück mit dir gewährend
Und sachte überleitend wie das jahr ..
Schon trat ich schweigsam in die andre riege.

Wie man zurücksieht nach dem klippensteg
Den man nur einmal heil durchmisst – nie mehr
Nachdem man jedes tritts gefahr schon kennt:
So schauderst du bei dem was dir gelang
Als ich in deine hände mich befahl ..
Sie leichter mürber – und ich war zerschellt!
Nun ehre das unbeugbare gesetz
Und diese form in der ich ihm genüge:
Da menschenwesen sich nur dort erhält
Wo sich das dunkle opfer wiederholt.

Mir sagt das samenkorn im untren schacht:
›Aus dunst und düster ringt sich jedes ding ..
Verdamm das grausen nicht das dich umfing
Sei nicht erschrocken über soviel nacht –
Es sind die mühen der notwendigen trage‹ ..
Mit ihren freuden seh ich schon die tage
Wo unser beider frucht im lichte lacht.

Über wunder sann ich nach
In der weisheit untern kammern:
War der gott der mich erleuchtet
War der geist der mir erschienen
Fern aus unermessnen höhn?
Hab ich selber ihn geboren?
Schweig gedanke! seele bete!

Ist ein wunder gleich dem einen
Wunder dieses ganzen jahrs?
Riss ich nicht ins enge leben
Durch die stärke meiner liebe
Einen stern aus seiner bahn?

Rückgekehrt vom land des rausches
Reicher strände frucht und blüte
Traf ich dich im heimat-lenze ..
Der ist goldgrün zart und spröde.
Neben weissem birkenstamme
Blank und aller hüllen ledig
Stehst du fest auf blumigem grunde
Denn du bist ein gott der nähe.
Auge hell noch ohne schatten
Stark die ballen deiner hände –
Hast des hirten brust und kniee ..
Ja du bist ein gott der frühe.

Ist dies der knabe längster sage
Der seither kam mit schmeichler-augen
Mit rosig weichen mädchengliedern
Mit üppigen binden im gelock?
Sein leib ward schlank und straff. Er greift ·
Er lockt nicht mehr · Ist ohne schmuck.
Von mut und lust des kampfes leuchtet
Sein blick .. sein kuss ist kurz und brennend.
Hat er besämt aus heiligem schoosse
Drängt er in mühe und gefahr.

Wenn holde freiheit kehrt und holder friede
Dann darf der sang zu allen Mächtigen steigen

Dann dürfen leichte paare in den hainen
Lustwandelnd unbedachte süsse schlürfen.
Ich muss in zucht noch unserm glück gebieten ..
Wenn du mich kennst in meiner lezten würde
Mich ahnst in dem mir zubedungnen range
Dann kommt die zeit da ich mich dir ergebe.

Vor-abend war es unsrer bergesfeier
Wo du den wein aus meinem becher trankst.
Wir stiegen von dem strom aus gipfel-an
Da ward mit eins des himmels rasengrüne
Durchleuchtend blau wie in der süder buchten.
Entrückter goldschein machte bäum und häuser
Zum sitz der Seligen .. zeitloses nu
Wo landschaft geistig wird und traum zu wesen.
Schauder umfloss uns .. nu des grössten glückes
Das ganzen erdenwandel fassend krönte
Und nicht mehr neiden liess den alt-ersehnten
Den glanz des göttlichen des Inselmeers.

Dem Lenker dank der mich am künftigen tag
Mit dir zur tat bestimmte die uns opfert
Zum preis der sterne · bruder du im kampf!
Du träumst von ruhm ich von willkommner rast
Kein geben und kein nehmen löscht die flamme
Die du in mir entzündet und mich bräche
Die kraft die mich gebunden.. kein verein
Mit dir als blutige taufe kann mich lösen.
O ruhe lezte nacht in deinem arm
Eh das signal mich ruft in meinen frieden!
O einziges glück berauschter morgenfrühe!
Mit Gott und dir zum sieg! Mit Dir zum tod!

Der trunkne Herr des Herbstes sprach mir so:
Eh meinen zwilling du aus diesem gau
Im eigenleib zu finden dich getraust –
Zu kühner wunsch zu überschwenglich hoffen:
Iss diese frucht nimm diese schale wein!
Das mittlere gewächs erblüht und schwillt
Dort drüben voller duftiger als bei euch ..
Des edlen edelstes gedeiht nur hier.

Ich weiss nicht ob ich würdig euch gepriesen
Dich den Gebornen dich den Ungebornen.
Ich weiss von Einem nur der vielgestaltig
Sich auswächst will dass er vernichtet werde
Und auflebt jedesmal durch neue flamme.
Erst einer füllt er seine vielen formen
Anders und gleich in gleicher herrlichkeit
Entstiegen aus der nacht der reinigung.

Die einen lehren: irdisch da – dort ewig ..
Und der: ich bin die notdurft du die fülle.
Hier künde sich: wie ist ein irdisches ewig
Und eines notdurft bei dem andern fülle.
Sich selbst nicht wissend blüht und welkt das Schöne
Der geist der bleibt reisst an sich was vergänglich
Er denkt er mehrt und er erhält das Schöne
Mit allgewalt macht er es unvergänglich.
Ein leib der schön ist wirkt in meinem blut
Geist der ich bin umfängt ihn mit entzücken:
So wird er neu im werk von geist und blut
So wird er mein und dauernd ein entzücken.

Wo sind die perlen süsse zähren
Wo sind die rosen üppiger pfühl?
Das spiel von werben und gewähren?
Der prunk ward welk der duft ward schwül.

Nur sühne strengster stille brauch:
Keimmonat ist es .. frühste frühe
Verhülltes sprossen keusche blühe
Ein kühles licht ein herber hauch.

DRITTES BUCH

Von welchen wundern lacht die morgen-erde
Als wär ihr erster tag? Erstauntes singen
Von neuerwachten welten trägt der wind
Verändert sieht der alten berge form
Und wie im kindheit-garten schaukeln blühten ..
Der strom besprengt die ufer und es schlang
Sein zitternd silber allen staub der jahre
Die schöpfung schauert wie im stand der gnade.
Kein gänger kommt des weges dessen haupt
Nicht ein ungewusste hoheit schmücke.
Ein breites licht ist übers land ergossen ..
Heil allen die in seinen strahlen gehn!

Dies ist reich des Geistes: abglanz
Meines reiches · hof und hain.
Neugestaltet ungeboren
Wird hier jeder: ort der wiege
Heimat bleibt ein märchenklang.
Durch die sendung durch den segen
Tauscht ihr sippe stand und namen
Väter mütter sind nicht mehr ..
Aus der sohnschaft · der erlosten ·
Kür ich meine herrn der welt.

Wer je die flamme umschritt
Bleibe der flamme trabant!
Wie er auch wandert und kreist:
Wo noch ihr schein ihn erreicht
Irrt er zu weit nie vom ziel.
Nur wenn sein blick sie verlor
Eigener schimmer ihn trügt:
Fehlt ihm der mitte gesetz
Treibt er zerstiebend ins all.

Neuen adel den ihr suchet
Führt nicht her von schild und krone!
Aller stufen halter tragen
Gleich den feilen blick der sinne
Gleich den rohen blick der spähe ..
Stammlos wachsen im gewühle
Seltne sprossen eignen ranges
Und ihr kennt die mitgeburten
An den augen wahrer glut.

Mit den frauen fremder ordnung
Sollt ihr nicht den leib beflecken
Harret! Lasset pfau bei affe!
Dort am see wirkt die Wellede
Weckt den mädchen tote kunde:
Weibes eigenstes geheimnis.
Nach den urbestimmten bräuchen
Eint sie euch den reifen schoossen
Euren samen wert zu tragen.

Durch die gärten lispeln zitternd
Grau und gold des späten tags.
Irr-gestalt wischt sich versonnen
Sommerfäden aus der stirne
Wehmut flötet .. dort in häusern
Bunte klänge laden schmeichelnd
Saugen süss die seele .. Eilet!
Alles dies ist herbstgesang.
Stimme die in euch erklungen
Heischt nicht greift noch welken glanz.

Da zur begehung an des freundes arm
Ihr in geweihtes haus geleitet waret
Sprachlos erschüttert eure kniee beugtet
Im kern ergriffen an ein all euch gabet:
Da brach die alte not – euch ward ein Sinn ..
Ihr richtet euch empor in stolz und freude
Nicht nur am haupt: am ganzen leibe strahlend ..
Ein herz voll liebe dringt in alle wesen
Ein herz voll eifer strebt in jede höhe
Und heilig nüchtern hebt der taglauf an.

Ihr seid bekenner mit all-offnem blick
Opfrer bekränzt das freie haar im wind
Den besten gleich im regen spiel der glieder ..
Elend sind sie die eures bandes spotten
Die auf euch starren und in eignen fesseln
Sich lieber quälen als dem sprenger danken ..
Der bangste zwang nicht freiheit ist ihr zweifeln
Und missform müdigkeit und lähme .. Glaube
Ist kraft von blut ist kraft des schönen lebens.

Vor dem glanz der stetigen sterne
Wandelt tag und nacht der völker
Wie der geister wuchs und dürre –
Gilt das gleiche schlaf und wache.
Irdisch glorreichste verbände
Lockert satz von ebb und flut ...
Uns bedrückt nicht solches wissen
Unser jahr ist uns die grenze
Unser licht die glut im ringe
Und ihr dienst uns ziel und glück.

Wir schaun nicht mehr auf landes starre
Den wald von giftigem wind ergraut
Den grund geborsten durch die darre
Das fahl-gebrannte gras und kraut.
Auf höhen ward ein quell entspündet
Und frische inseln blühn versteckt:
Das neue wort von dir verkündet
Das neue volk von dir erweckt.

Auf neue tafeln schreibt der neue stand:
Lasst greise des erworbnen guts sich freuen
Das ferne wettern reicht nicht an ihr ohr.
Doch alle jugend sollt ihr sklaven nennen
Die heut mit weichen klängen sich betäubt
Mit rosenketten überm abgrund tändelt.
Ihr sollt das morsche aus dem munde spein
Ihr sollt den dolch im lorbeerstrausse tragen
Gemäss in schritt und klang der nahen Wal.

Was euch betraf ist euch das band aus erz ..
Hat euch ein wahn umstrickt und ihr wacht auf
Und könnt dem licht nicht frank entgegensehn:
So lernt von helden euch ins schwert zu stürzen.
Habt ihr im kleinen gegen euresgleichen
Gefehlt – so geht und sühnet stumm mit tat
Dann kommt zurück: ihr habt kein recht in zwein
Würde zu schänden und hervorzulocken
Brennende scham auf eures bruders stirn ..
Verzeihung heischen und verzeihn ist greuel.

So will der fug: von aussen kommt kein feind ..
Wird er bedurft müsst ihr aus euch ihn schaffen
Im gegenstoss versieht er seinen dienst.
Er ist ein blendling er verstellt verrenkt
Er schärft die waffen spornst die guten kräfte
Bringt nötige gifte mit verhasstem tun.
Den fremden schadern aber ruft getrost:
Hemmt uns! untilgbar ist das wort das blüht.
Hört uns! nehmt an! trotz eurer gunst: es blüht –
Übt an uns mord und reicher blüht was blüht!

Ein wissen gleich für alle heisst betrug.
Drei sind des wissens grade. Eines steigt
Aus dumpfer menge ahndung: keim und brut
In alle wache rege eures stamms.
Das zweite bringt der zeiten buch und schule.
Das dritte führt nur durch der weihe tor.
Drei sind der wisser stufen. Nur der wahn
Meint dass er die durchspringt: geburt und leib.
Die andre gleichen zwangs ist schaun und fassen.
Die lezte kennt nur wen der gott beschlief.

Die weltzeit die wir kennen schuf der geist
Der immer mann ist: ehrt das weib im stoffe ..
Er ist kein mindres heiligtum. Das weib
Gebiert das tier · Der mann schafft mann und weib
Verrucht und gut ist es aus eurer rippe.
Rührt nicht an sein geheimnis: ordnend innen
Ist es am markte ungesetz und frevel.
Wie in der Bücher Buch spricht der Gesalbte
An jeder wendewelt: ›Ich bin gekommen
Des weibes werke aufzulösen.‹

Trifft euch einer von den siedlern
Die in öden einsam sinnen
Hager mit zerzaustem haare
Rät er als der weisheit kern
Schau auf Eins das alles wäre
Um aufs Nichts euch zu bereiten –
Gebt als antwort: nie benötet
Wer sein herz nie weggeworfen
Leibes furcht und erden-reue.

Brich nun unsrer lippe siegel
Sag dass wir die rune lösen
Vor dem volk das hungernd ruft ..
›Täuscht euch nicht mit jenen blöden
Die nur auf die lösung lauern
Um der rune kraft zu brechen
Sie besudelt zu verscharren
Und noch ärger zu verarmen –
Nur der meister weiss den tag.

Nennst du dich täuscher für ein ganz geschlecht
Das blinzt nicht sieht · nicht fühlt nur zuckt und schüttert
Was wird erst sein wenn viele einst erstehn
Verführend gleissen: kommt! wir sind der weg!
›Hier dient euch mein vermächtnis: denn ich gab
Euch für das hirn das trügt das wahre auge!
Antlitz und wuchs weist euch den Echten aus.
Er prägt bereits im ersten siebenjahr
Wann innen licht uns wird der herrschaft abbild
Und trägt der kürung merkmal aufgeküsst.

Hier schliesst das tor: schickt unbereite fort.
Tödlich kann lehre sein dem der nicht fasset.
Bild ton und reigen halten sie behütet
Mund nur an mund geht sie als weisung weiter
Von deren fülle keins heut reden darf ..
Beim ersten schwur erfuhrt ihr wo man schweige
Ja deutlichsten verheisser wort für wort
Der welt die ihr geschaut und schauen werdet
Den hehren Ahnen soll noch scheu nicht nennen.

So weit eröffne sich geheime kunde
Dass vollzahl mehr gilt als der teile tucht
Dass neues wesen vorbricht durch die runde
Und steigert jeden einzelgliedes wucht:
Aus diesem liebesring dem nichts entfalle
Holt kraft sich jeder neue Tempeleis
Und seine eigne – grössre – schiesst in alle
Und flutet wieder rückwärts in den kreis.

Ihr seid die gründung wie ich jetzt euch preise
Wie jeder ist mit sich mit mir mit jedem:
Betrieb der pflicht und drang an frommes herz.
Ihr seid die Widmenden ihr tragt das reich
So ganz wie ungewusst auf andrem stern
Bald vor- bald nachher irdischer auftritt spielt.
Fleht nicht um schnellern zuwachs grössrer macht:
Die krönungszahl birgt jede möglichkeit ..
Das in ihr Tuende tut die allheit bald
Und was ihr heut nicht leben könnt wird nie.

Wer schauen durfte bis hinab zum grund
Trägt ein gefeiter heim zu aller wohl
Den zauber als Begehung und als Bild.
Bringt er nur zeichen: tilgt er sie und sich
Ein übersichtiger dem ein auge fehlt.
Keiner der wahre weisheit sah verriet:
Die menschen grifffe lähmendes entsetzen
Den mutigsten vereiste blut und same
Sie brächen nieder wenn vor ihrem blick
Das Andre grausam schreckhaft sich erhübe.

Als nach der seligen erweckung frist
Du von mir gingest – über meinem dach
Ich einen goldnen stern mir winken sah
Mir erstem ganz Gewandelten vom geiste:
Da stelltest du die wahl noch einer frage
Da schwankt ich erst dann neigt ich mich: ›Vergieb!
Wer höchstes lebte braucht die deutung nicht
Wir wären du wenn wir dich ganz erfasst –
Du gabst genug mir welten zu bewegen:
Den fussbreit festen grund worauf ich stehen.

Ich liess mich von den schulen krönen
Sie hielten wert mich ihrer würde ..
Die zeit der einfalt ist nicht mehr.
Dann kam der anfang echter lehre:
In kenntnis kennen dass sie feil –
Ein weiser ist nur wer vom gott aus weiss.
Durchs heilige feld komm ich geschritten
Mit dir dem heiligen ziele zu ..
Im einklang fühl ich keim und welke
Mein leben seh ich als ein glück.

Wer soll dich anders wünschen wenn du so
Dein haupt mit lächeln senkst und schwank dich drehst
Zu volle blume auf zu zartem halme?
Wer gönnte dir nicht licht und linde luft?
Und dennoch wisse: lebst du für den tag
Wo heilsam ungewitter dir den rest
Von asche stäubt aus deinem goldnen haar ..
›Sprecht nicht zu streng vom schwachen der sich trennte
Erinnert euch wie ihr mir freundlich tatet
Ich war ein blondes wunder euch – nichts mehr.

Denk nicht zuviel von dem was keiner weiss!
Unhebbar ist der lebenbilder sinn:
Der wildschwan den du schossest den im hof
Du kurz noch hieltest mit zerbrochnem flügel
Er mahnte – sagtest du – an fernes wesen
Verwandtes dir das du in ihm vernichtet.
Er siechte ohne dank für deine pflege
Und ohne groll .. doch als sein ende kam
Schalt dich sein brechend auge dass du ihn
Um-triebst in einen neuen kreis der dinge.

Du trugst in holder scham die stirn gesenkt
Ich ahnte wo dein buch im dunkeln liess:
Wann geist wann leib bestimmt der Sinn .. dir weist
Allein was achse ist was rollend rad ·
Wandelnd und bleibend heil · lebendige hand.
Damals beim mahl griff dich des mahles herr:
In seiner lohenden entzückung schwall
Und in der inbrunst lang gestauten glücks
Versank nicht nur der geist – es schwieg der leib
Als spät du auf mein lager kamst geschlichen.

Spruch und ratschlag freund und lehrer
Liessen hilflos mich am weg ..
Du vernahmst den schrei der jugend
Wurdest fürsprech meines werts
Bis mein zart und kostbar wachstum
Fall-bedroht – zum kampf erstarkt.
Drum hab ich mich dir verschrieben
Sende mich von pol zu pol
Deinen feind lass mich erschlagen
Nimm zu deinem werk mein blut.

Entlassen seid ihr aus dem innern raum
Der zelle für den kern geballter kräfte
Und trächtiger schauer in das weite land.
Aus jedes aug erriet sich hier sein grad
Aus jedes form die art zukünftigen wagens
Ihr seid im gang getrennt im zweck gesellt.
Euch kreist im blut dreifacher wein der liebe
Die starken heute sind die gestern schönen
Gediehn durch überschattung des Erweckers
Des kraft euch stählt des lächeln euch beglänzt.

Nachdem der kampf gekämpft das feld gewonnen
Der boden wieder schwoll für frische saat
Mit kränzen heimwärts zogen mann und maat:
Hat schon im schönsten gau das fest begonnen
Wo zu der huldigung von flöt und horn
Von aller farbe sang und tanz umschlungen
Von aller frucht und blüte duft umdrungen
Das heilige Loblied steigt: der ewige born.

SCHLUSSCHOR

Gottes pfad ist uns geweitet
Gottes land ist uns bestimmt
Gottes krieg ist uns entzündet
Gottes kranz ist uns erkannt.
Gottes ruh in unsern herzen
Gottes kraft in unsrer brust
Gottes zorn auf unsren stirnen
Gottes brunst auf unsrem mund.
Gottes band hat uns umschlossen
Gottes blitz hat uns durchglüht
Gottes heil ist uns ergossen
Gottes glück ist uns erblüht.